GUÍA DE LECTURA

Escrita por Pierre Weber
Traducida por María Olivera Álvarez

Papá Goriot

de Honoré de Balzac

Entiende fácilmente la literatura con

ResumenExpress.com

www.resumenexpress.com

HONORÉ DE BALZAC

ESCRITOR FRANCÉS

- **Nació en 1799 en Tours**
- **Murió en 1850 en París**
- **Algunas de sus obras:**
    - *Los chuanes* (1829), novela
    - *Eugenia Grandet* (1833), novela
    - *Papá Goriot* (1835), novela

Honoré de Balzac (1799-1850) es uno de los escritores franceses más importantes del siglo XIX. Siendo joven, se abre las puertas de los medios aristocráticos parisinos, que no dejará de frecuentar. Pero algunas empresas desastrosas y un tren de vida excesivo lo arruinarán rápidamente: la escritura literaria, que practica con pasión y asiduidad, se convertirá en el único medio para pagar sus deudas.

Ambicioso, se lanza a una obra monumental, *La comedia humana*, que incluye más de noventa novelas y cuyo objetivo es retratar exhaustivamente la sociedad de su época (para «hacerle la competencia al registro civil»). Entre sus novelas más célebres se encuentran *Eugenia Grandet* (1833) o *Papá Goriot* (1835).

Balzac es considerado uno de los padres de la novela realista moderna.

PAPÁ GORIOT

UN CLÁSICO DEL REALISMO

- **Género**: novela
- **Edición de referencia**: Balzac, Honoré. 1968. *Papá Goriot*. Traducido por Julio C. Acerete. Barcelona: Editorial Bruguera
- **Primera edición**: 1835
- **Temáticas**: paternidad, ascenso social, complot, asesinatos, sociedad francesa del siglo XIX

Papá Goriot, publicado en 1835, conoce un éxito inmediato y sienta las bases de *La comedia humana*.

Todos los ingredientes de la novela balzaquiana están presentes en esta obra. De esta forma, inaugura el principio de la reaparición de los personajes y comprende todos los elementos específicos de la pluma de Balzac: descripciones precisas, pasiones voraces, héroes jóvenes y bellas mujeres de mundo, bandidos que amenazan el equilibrio, dinero y drama que conmociona las conciencias. *Papá Goriot* es antes que nada el relato de la educación, tanto social como sentimental, del joven Rastignac y del trágico destino de papá Goriot.

La acción ocurre en París, en 1819, en la Casa Vauquer, una pensión sórdida y barata donde vive una decena de personas procedentes de todos los medios (estudiantes, ancianos, jovencitas, etc.). Ahí vive también Eugène de Rastignac, un joven estudiante de derecho que acaba de abandonar su provincia.

Ambicioso, Rastignac busca la forma que garantice con mayor seguridad su ascenso social, considerando para ello dos vías posibles: la del amorío y la maquinación política, o la del estudio y el trabajo. Se pone en contacto con su prima, la vizcondesa de Beauséant, para integrarse en los salones parisinos. Paralelamente, le intrigan dos pensionistas: Vautrin, cuyas actividades nocturnas le parece sospechosas, y papá Goriot, anciano arruinado y discreto, que supuestamente mantiene a sus amantes.

Rastignac conoce a la condesa Anastasie de Restaud y a la baronesa Delphine de Nucingen, que resultan ser las hijas de papá Goriot. Rastignac se entera así de la historia del anciano: antiguo fabricante de pasta, hizo fortuna pero tuvo que retirarse después de casar a sus dos hijas. Se arruinó por ellas, concediéndoles todos sus caprichos, y a cambio solo ha recibido su desprecio.

Vautrin, por su parte, al adivinar el carácter ambicioso de Rastignac, le presta consejos cínicos para garantizar su éxito. Le propone seducir a Victorine Taillefer, una joven de la pensión cuya familia reniega de ella, y después deshacerse de su hermano para que su familia se vea obligada a acogerla de nuevo bajo su ala. Así, ella se convertiría en un excelente partido y se casaría con Rastignac; esto implicaría una fortuna y Vautrin exigiría una parte de la misma.

La duda lo invade y Rastignac rechaza transigir hasta tal punto con su conciencia, por lo que rechaza de pleno la oferta de Vautrin. Se decanta por seducir a Delphine de Nucingen, infeliz en su matrimonio, y lo logra.

Gracias a su relación con Delphine, Rastignac entabla amistad con papá Goriot, que encuentra de esta forma el medio para estar en contacto con su hija más a menudo. El anciano termina de arruinarse para sacarla de sus problemas económicos y para regalarle a Rastignac un apartamento decente donde los dos amantes podrán vivir su amor adúltero tranquilamente.

Vautrin, por su lado, no abandona su proyecto y, a fuerza de astucia, logra presionar a Rastignac. Sin embargo, todavía ignora que otros dos pensionistas le han tendido una trapa para detenerlo, ya que la policía lo ha reconocido: se trata de Jules Collin, apodado «el burlador de la muerte», un presidiario evadido con graves antecedentes criminales. Justo después de que maten al hermano de Victorine Taillefer, mientras celebra su éxito, Vautrin es detenido.

Para papá Goriot, los acontecimientos se precipitan. Cuando se disponía a disfrutar del apartamento de Rastignac, sus hijas Delphine y Anastasie lo abruman peleándose y desvelándole que necesitan más dinero, en concreto para un baile muy notable que va a dar la señora de Beauséant.

Rastignac paga en lugar de Goriot y después de esto, las dos hijas abandonan a su padre.

Herido por el egoísmo y la angustia de sus hijas, Goriot es presa de emociones que lo dejan moribundo. Mientras él está agonizando en su lecho de muerte, sus hijas están en el baile. Al final muere en la indiferencia prácticamente generalizada, no sin antes haber colmado de reproches, y después de excusas, a sus dos hijas. Rastignac, que cuida de él casi de forma continua, ve cómo se desvanecen sus últimas ilusiones con él.

En el entierro de papá Goriot, solamente acompañan el cortejo fúnebre Rastignac y Cristóbal, el factótum de la Casa Vauquer. Al terminar la ceremonia, Rastignac contempla París desde lo alto del cementerio del Père-Lachaise y declama como si se tratase de un reto a la capital: «Ahora nos toca a nosotros».

ESTUDIO DE LOS PERSONAJES

EUGÈNE DE RASTIGNAC

Eugène de Rastignac es un joven estudiante de derecho que acaba de llegar de su provincia a París. Inteligente, hábil y ambicioso, está bien preparado para triunfar. Su belleza física es el reflejo de la nobleza de su alma: llega a la capital parisina con las mejores intenciones, listo para esforzarse al máximo para hacer carrera dignamente. Sin embargo, rápidamente se da cuenta de que, para llevar una vida a la altura de su ambición, va a tener que contar con las relaciones y las intrigas.

Así, Rastinac busca modelos que seguir en su vida. Uno tras otro, diferentes personajes van a servirle de guías, cada uno de ellos como representante de un aspecto de la realidad:

- La señora de Beauséant, su prima, le permite integrarse en los medios de la alta sociedad de París. Le propone una visión lúcida y pragmática de la sociedad de la época, sin perder su magnanimidad. Es ella quien le propone a Rastignac que seduzca a Delphine de Nucingen. Representa una especie de equilibrio que Rastignac se esforzará por alcanzar;
- Vautrin es la imagen del padre diabólico. Defiende una visión extremadamente cínica y pesimista de la sociedad, donde imperan el egoísmo y el afán de lucro. Para garantizarse el triunfo valen todos los medios, incluidos la corrupción y el asesinato. De hecho, Vautrin reconoce que para él la vida humana tiene poco valor.

- papá Goriot, en cuanto a él, es la imagen del padre bienhechor. Encarna al mismo tiempo la ingeniosidad del éxito comercial y, sobre todo, la lealtad, la fuerza del compromiso paterno y la entrega a los suyos.

Si bien deja que estos personajes lo influyan y remodelen su visión del mundo, Rastignac logra rápidamente asimilar lo esencial de su enseñanza para después superarlo y mantenerse fuera del conflicto. De hecho, y en más de una ocasión, el texto hace claramente alusión a que en el futuro triunfará.

PAPÁ GORIOT

Papá Goriot es una figura monomaníaca: encarna la pasión de la paternidad absoluta. Él, que labró su fortuna en el comercio, abandonó todas sus actividades para dedicarse a ser padre, entregándose totalmente a sus hijas. Ellas son su única razón de ser, hasta tal punto que está dispuesto a sacrificarse para serles útil o grato.

La forma en la que muere –en la pobreza y la indiferencia, abandonado por sus hijas, a las que tanto ha mimado y protegido– hace de él una figura casi crística. Pero más allá de su generosidad, la pasión de Goriot por sus hijas tiene algo de excesivo. El amor que les profesa es asfixiante, posesivo: se puede comprender, por tanto, que ellas intenten escapar de una forma u otra. Además, también tiene un lado fetichista –como cuando le pide a Rastignac el chaleco sobre el que ha llorado Delphine–, incluso incestuoso –cuando desea ocupar parte del apartamento de Rastignac para disfrutar a través de él su relación con Delphine.

VAUTRIN

Si papá Goriot es una figura casi crística, con todo lo que pueda tener de ambiguo, Vautrin es, por su parte, una encarnación del mal. Calculador maquiavélico, es un criminal prófugo que no duda en usurpar identidades falsas, dispuesto a todo para conseguir sus objetivos. Cuando se revela su verdadera identidad y le arrancan la peluca, se descubre su pelo rojizo, alusión a las llamas del infierno (durante mucho tiempo se consideró lo pelirrojo como un signo de pertenecer al demonio).

Vautrin también es un seductor que sabe hacerse querer por los pensionistas de la Casa Vauquer, hasta tal punto que lo apoyan cuando lo detienen. En cuanto al interés que demuestra por Rastignac, puede explicarse de varias maneras:

- despierta en él un interés personal cualquiera, que el texto no permite identificar;
- le gusta «escribir el destino de Rastignac», convertirse en maestro de su vida como un autor que escribe la historia de un personaje (por tanto, aquí existe un paralelismo entre Vautrin y Balzac);
- obedece a una atracción homosexual, algo que se sugiere sutilmente en el texto.

DELPHINE DE NUCINGEN

Hija de papá Goriot, está casada con el barón de Nucingen, un hombre envilecido por el egoísmo y el dinero, que se apropia de todos sus bienes para sus negocios y su interés.

Delphine es infeliz en este matrimonio y encontrará aire nuevo en el adulterio con Rastignac.

El personaje oscila entre cierta nobleza de espíritu –haciendo prueba a veces de sentimientos sinceros y desinteresados– y un avasallamiento completo al parecer (la señora de Bauséant declara: «La señora de Nucingen, por ejemplo, recogería a lengüetas todo el barro que hay entre la calle de Saint-Lazare y la calle de Grenelle con tal de poder entrar en mis salones», de Balzac, 113). En lugar de estar al lado de su padre moribundo, ella prefiere ir al baile, y tampoco acudirá a su entierro.

CLAVES DE LECTURA

UN RELATO DE INICIACIÓN

Lo esencial de la novela trata sobre Eugène de Rastignac, que es el verdadero personaje principal. Seguimos sus primeros pasos en el mundo parisino y vemos cómo se van sentando las bases de su futuro ascenso. En el desarrollo de la novela, Rastignac recibe una doble educación:

- educación social. Hábil e inteligente, logra rápidamente servirse de las armas de las que dispone para convertirse en el futuro en un joven en el bello mundo parisino. Aprende los códigos, causas y confabulaciones que gobiernan este universo, y logra utilizarlos para su beneficio;
- educación sentimental. Mediante la relación que entabla Rastignac con Delphine, este descubre el amor: primero las emociones iniciales del despertar amoroso (cuando se conocen en la ópera), después el largo periodo de excitación del deseo, la satisfacción de la pasión y, por último, la desilusión (debido a la actitud de Delphine cuando muere Goriot).

Como resultado de esta doble educación, el alma de Rastrignac se vuelve dura: pierde sus ilusiones de joven íntegro para darse cuenta de que el dinero y el poder son los motores del mundo. Por tanto, la novela reconstituye el relato de su inocencia perdida. Rastignac, reticente al principio, termina adoptando el punto de vista de la señora de Bauséant o de Vautrin, según el cual hay que olvidar su conciencia y sus escrúpulos si se quiere triunfar. Pero por encima de todo, él no se resigna y elige luchar contra la sociedad.

De esta forma, Balzac pinta un retrato muy pesimista de la sociedad de su época, en la que prácticamente todos los ideales terminan cediendo frente al individualismo y el afán de lucro y de prestigio. Todos los personajes tienen sus defectos y su parte oscura —salvo quizás el médico Bianchon, que actúa de forma desinteresada cuando muere Goriot, y Victorine Taillefer, joven ingenua y pura, la inocencia encarnada.

LA TEMÁTICA DE LA PATERNIDAD

Como ya hemos evocado, el tema de la paternidad ocupa un lugar central en la novela. Por tanto, recordemos brevemente que:

- papá Goriot es el padre absoluto, totalmente definido únicamente con el término de «papá», dispuesto a morir por sus hijas, con quienes tiene una relación compleja;
- Vautrin es un padre diabólico que intenta corromper a Rastignac;
- Rastignac es un personaje en busca de modelos, y especialmente de modelos paternales.

UN MODELO DE NOVELA BALZAQUIANA

Papá Goriot está considerado como una novela muy característica de la escritura balzaquiana. Efectivamente, encontramos la mayoría de los ingredientes que conforman la particularidad de su obra:

- las descripciones. La novela comienza con una descripción muy amplia del universo en el que se desarrollará; es decir, la Casa Vauquer, de la cada rincón está descrito al detalle. Balzac apela a todos los sentidos en esta descripción (vista, olfato, oído, tacto), cuyo primer objetivo es darle la ilusión al lector de que está en el mundo real. Pero las descripciones son tan extensas que también producen el efecto inverso; esto es, recordar que estamos leyendo una novela. En esto consiste toda la ambigüedad del proyecto de Balzac, que quiere reproducir fielmente en sus escritos el mundo real pero que hace que sus relatos funcionen como un mundo autónomo;
- la narración omnisciente. La voz que cuenta la historia lo sabe todo, puede estar en todos los sitios a la vez, conoce los pensamientos y los sentimientos de cada personaje, y sabe cuál es su destino. Es el ejemplo mismo de una narración omnisciente, en la que el narrador ocupa casi el puesto de un dios, maestro absoluto del universo que ha creado. Este procedimiento de escritura, sin embargo, se utiliza de forma compleja en la novela, ya que el narrador adopta sucesivamente los puntos de vista de diferentes personajes y expone frecuentemente impresiones o consideraciones personales;
- los personajes. Una de las fuerzas de Balzac es que consigue crear una galería de personajes sobrecogedores, todos ellos extremadamente bien caracterizados y vivos. Cada personaje es la ilustración de determinado perfil, el representante de un tipo o de una manía. La condición social, el carácter, la apariencia física (considerada un reflejo del alma) de cada uno de ellos determinan su destino. Balzac construye así una especie de observatorio

de la naturaleza humana en sus diversas variantes;
* la reaparición de los personajes. *Papá Goriot* es la primera novela en la que Balzac hace reaparecer a personajes de otras de sus novelas. Este procedimiento se convertirá en una marca de fábrica del autor. Permite dotar al mundo creado de mayor profundidad y credibilidad. De una novela a otra, a lo largo de sus apariciones, vemos evolucionar a los personajes, como si continuasen viviendo su propia vida al cerrar los libros;
* la descripción de la sociedad. Durante su carrera, Balzac se fijó como objetivo describir mediante sus novelas a toda la sociedad de su época: a este proyecto faraónico lo denomina *La comedia humana*. Cada una de sus novelas es un grano de arena del mismo. *Papá Goriot* no es una excepción, y muestra los defectos del individualismo y del materialismo de la sociedad precapitalista del siglo XIX.

A Balzac se le reprocha cierta inmoralidad en sus relatos, puesto que se considera el comportamiento de muchos personajes poco conveniente. Su originalidad era, efectivamente, mostrar el mundo tal como él lo veía, sin vetar ningún tema, fuese cual fuese. Por esta razón, Balzac pertenece a la corriente literaria y artística del realismo.

UNA NOVELA PLURAL

Una de las riquezas de *Papá Goriot* es que se trata de una novela múltiple, que mezcla diferentes géneros, diferentes personajes y diferentes lugares.

Los géneros

La novela es a la vez:

- un relato de iniciación, cercana también a la novela de aventura;
- un drama en tres actos, como una obra de teatro: primer acto de exposición (descripción del universo y presentación de los personajes), segundo acto de acción (peripecias vividas por Rastignac, Vautrin y Goriot), y tercer acto de desenlace (muerte de Goriot);
- una intriga policíaca, con la encerrona en la que son cómplices el señor Poiret y la señorita Michonneau;
- un relato con tono trágico (la muerte de papa Goriot), que a veces también hace alusión a los cuentos de hadas (el baile de la señora de Bauséant, en el que las hijas de Goriot llevan vestidos maravilloso).

Los personajes

En el centro de la novela hay un trío de personajes, cada uno con sus propias intrigas: Rastignac, Vautrin y papá Goriot. El narrador adopta cada vez el punto de vista de uno de estos tres protagonistas, describe el mundo a través de sus ojos y da cuenta de sus preocupaciones. Eso sí, el hilo conductor de la novela siempre es Rastignac.

Los lugares

Aunque la acción ocurre en París, la ciudad misma es compleja y múltiple, y ofrece realidades diferentes. Se distinguen al menos tres universos:

- el suburbio de Saint-Germain, entorno de la alta sociedad, del prestigio y del lujo;
- el barrio de la calle de Artois –donde se encuentra el apartamento elegido por Delphine y Rastignac–, que comprende toda la margen derecha, zona de los nuevos ricos, de la Bolsa, de los burgueses, comerciantes y economistas;
- el barrio de la Casa Vauquer, entre el Panteón y el Val-de-Grâce, área de pobreza y bajeza.

PISTAS PARA LA REFLEXIÓN

ALGUNAS PREGUNTAS PARA PROFUNDIZAR EN SU REFLEXIÓN...

- ¿Cuáles son los grandes rasgos de la novela balzaquiana que encontramos en *Papá Goriot*?
- Realice una búsqueda sobre la noción de construcción en abismo y encuentre una en la novela. Desarrolle y justifique su respuesta basándose en los resultados de su búsqueda.
- ¿Por qué puede calificarse la novela como relato de iniciación?
- ¿Se puede considerar a Rastignac como un héroe positivo? Justifique su respuesta ayudándose de ejemplos precisos.
- ¿En qué aspectos podríamos comparar *Papá Goriot* con *Hernani* de Víctor Hugo (escritor francés, 1802-1885)?
- ¿Cuáles son los elementos que permiten clasificar la novela dentro de la corriente del realismo?
- Compare las descripciones de Vautrin y de Rastignac. ¿Por qué son significativas sus características físicas?
- *Papá Goriot* es considerada una novela plural. ¿A qué géneros novelescos puede asociarse?
- Aunque sea una obra ficticia, la novela puede servir como fuente documental e histórica. ¿Por qué? ¿Qué tipo de información se puede extraer?
- ¿Sigue siendo actual en nuestra época el relato del padre Goriot? ¿Qué haría falta modificar en la historia para enmarcarla en el contexto actual? Justifique su respuesta.

¡Su opinión nos interesa!
¡Deje un comentario en la página web de su librería en línea,
y comparta sus favoritos en las redes sociales!

PARA IR MÁS ALLÁ

EDICIÓN DE REFERENCIA

- de Balzac, Honoré. 1968. *Papá Goriot*. Traducido por Julio C. Acerete. Barcelona: Editorial Bruguera.

ESTUDIO DE REFERENCIA

- Guichardet, Jeannine. 1993. *Le Père Goriot d'Honoré de Balzac*. París: Gallimard, colección *Foliothèque*.

ADAPTACIONES

- *Le Père Goriot*. Telefilm dirigido por Jean-Daniel Verhaeghe, con Charles Aznavour, Malik Zidi, Florence Darel y Tcheky Karyo. Rumanía, Francia y Bélgica, 2004.
- *Le Père Goriot*, Telefilm dirigido por Guy Jorré, con Charles Vanel, Bruno Garcin, Monique Nevers y Roger Jacquet. Francia, 1972.
- *Le Père Goriot*. Dirigida por Robert Vernay, con Pierre Larquey, George Rollin, Claude Génia y Pierre Renoir. Francia, 1944.

EN RESUMENEXPRESS.COM

- Guía de lectura de *El coronel Chabert* de Honoré de Balzac.
- Guía de lectura de *Eugenia Grandet* de Honoré de Balzac.
- Guía de lectura de *Ilusiones perdidas* de Honoré de Balzac.

- Guía de lectura de *La prima Bette* de Honoré de Balzac.

ISBN ebook: 9782806272447

ISBN papel: 9782806272454

Depósito legal: D/2015/12603/556

Cubierta: © Primento

Libro realizado por Primento, el socio digital de los editores